청공 김종석 문학전집 2

깨침의 노래 첫 경험

국립중앙도서관 출판예정도서목록(CIP)

깨침의 노래 첫 경험 / 지은이 : 김종석. -- 서울 : 한누리미디어,
2017
    p. ;   cm. --   (청공 김종석 문학전집 ; 2)

ISBN 978-89-7969-751-3 04810 : ₩16000
ISBN 978-89-7969-749-0 (세트) 04810

한국 현대시 [韓國現代詩]

811.7-KDC6
895.715-DDC23   CIP2017018684

깨침의 노래
첫 경험

청공 김종석 문학전집 ②

 한누리미디어

제1부

깨침의 노래 첫 경험 ①

제2부

깨침의 노래 첫 경험 ②

9

차례

제3부
깨침의 노래 첫 경험 ③

11

제4부
다시 또 다시

12

제 **1** 부

깨침의 노래 첫 경험 ①

첫 경험 · 1

파래 뜯다가 죽은 물고기 보고
파래지는 아이 나도?

첫 경험 · 2

피조개가 월경할 때
바다 전체가 생리대 되어
그를 감싸고 있다

첫 경험 · 3

엄마께 날 낳으셨을 때 허공이
큰아가와 새아가야 서로서로
잘 낳고 잘 나와서 조오타 하셨대
사실은 낳음과 나옴 아예 없는데
나는 누구인가?
태어나기 이전 그대로인 나는?

첫 경험 · 4

바람 같은 성령이 이마 스쳤는데
온몸 촛불로 타오르고 있다

첫 경험 · 5

태극 봄바람 태극 강물 속 태극 춤 뱀장어

첫 경험 · 6

깊은 바다 1300° 용암수에
용암어는 놀기만 잘 놀더라
횟감으로 잡아 팔면 대박 뛰어든 어부
석류처럼 익어터져 국건더기로 둥둥

첫 경험 · 7

죽어도 죽는 게 아닌 예수 삶

첫 경험 · 8

살아도 사는 게 아닌 용암어 사냥 삶

첫 경험 · 9

경전조차도 믿지 마라
이거 철저히 믿더니
모든 것이면서 아무것도 아닌 텅 빔
이 세상 걸릴 거 없는 영원한 자유인
어떤 것에도 물들지 않는 영원한 자유인

첫 경험 · 10

나무 한 그루 껴안아 뽀뽀
물이 분수처럼 오르고 있다

첫 경험 · 11

속에서 못된 놈 품어 녹이는 백혈구 사랑

첫 경험 · 12

속에서 공기 배달부 적혈구 사랑

첫 경험 · 13

잘 들어라 하시는 이 하늘 소린
귀로 보고 눈으로 들어야 들린다

첫 경험 · 14

마땅히 머무는 바 없이 흐르되
태극춤으로 흘러야 흐름다운 흐름
그 중에서 으뜸 흐름은
흐르는 줄 모르고서 흘러감이어라

첫 경험 · 15

이 몸 숨 속 숨소린 아기 숨소리

첫 경험 · 16

자음들 다 불타오르더니 모음으로 바뀌는 황홀

첫 경험 · 17

온몸이 자궁일 때
하늘에서 태교 가르치시는 마리아
기도소리 들린다

첫 경험 · 18

인간사회가 모르는 자연침묵 금강 평화

첫 경험 · 19

시인에게 사랑이 넘칠 때 남자도 녹더니
마리아 자체
가슴 떨리어 파동치는 새생명
새복 새사랑 새평화 새웃음
콩씨에서 콩 나오는 것처럼
사랑 안에서 사랑이 태어나는 것
이것이 바로 그것이다

첫 경험 · 20

이름 없는 것이 넘치게 채워질수록
몸 텅 빈잔
성배를 두고 이 성배 찾으러 다니는
어리석음아 이젠 안녕~

.

청 경험 · 21

빛 익혀 된사람이 된장을 먹고 있다

첫 경험 · 22

금이 가 새는 옹기 속에서 된장 나오랴?
둘로 쪼개진 맘 속에서 된사람 나오랴?

첫 경험 · 23

강은 죽어서 바다, 바다는 살아서 중도, 중도는 생사자재 소금
아무리 자유로워도 짠맛 늘 살아있다

첫 경험 · 24

소금 맛 잃은 거 무엇? 정치

첫 경험 · 25

조폭이거나 마피아
둘 다 들키지 않도록 하는 거 무엇? 정치

첫 경험 · 26

철조망 녹여서 통일 복지로
한겨레 모여서 한라백두 문화로 차암 아직
헛소리로 먹장구름인 거 무엇? 정치

첫 경험 · 27

하늘 어르신과 땅과 시인이 합궁하더니
남자인데도 자궁이 생겨나고 있다

첫 경험 · 28

빛소리 참생명 태어남은 잘 보이는데
성령은 늘 보이잖게 우릴
에워싸 주시고 있다

첫 경험 · 29

어느 집단이 꽤 했다 하여 가봤더니
오리떼의 자기 삶 찬양가더라

첫 경험 · 30

첫날밤을 홀로 있을 때
내 안에서 알몸 아닌 알몸이
빛소리로 고백하다 아무것도 없이 그냥
이를 부처라 부르지 마라
침묵이라 부르지도 마라
이미 넘어선 것이다

첫 경험 · 31

밟히면 이빨 없는 눈밭도 뽀드득
을신세 사람들은 밟힌 데다 뜯기니
틀니 회사가 자꾸 생겨나고 있다

첫 경험 · 32

순백의 눈밭 흔적없이 갈 수는 없나
신발 던져 마음까지 벗어던져
날개 돋는 천사가 이것이구나

첫 경험 · 33

맑은 부자가 없는 한국에
솜이불처럼 펼쳐지는 눈송이
덮어서 모르는 척 주무시라는 게 아니라
피 빠는 흡혈관 보시라는 것이다
눈부시게 새하얗 거듭나시라는 것이다

첫 경험 · 34

평지는 외줄 타듯 외줄은 평지 걷듯 사는데
어느 날 외줄과 평지 다 사라지고
걸음만 걸으면서 그냥 걷더라

첫 경험 · 35

볼펜은 불펜 들었다 났다 하지만
불펜은 볼펜 고요히 앉아 기다리라며
빈 자리로 볼펜 모시자 앉더니
볼펜 주둥이가 외눈박이다
불펜이 볼펜으로 녹아들면서
생사승패에 웃고 우는 거 물들잖고
게임 주시자
"게임 없을 땐 어떠합니까?"
"주시자조차 사라졌으니 직접 와서 보아라!"
변화는 영원히 변하고 있고
근원은 영원히 그저 주시
텅 빔 뿐
다이아몬드도 이보다 더 투명할 순 없어라

첫 경험 · 36

연못은 때때로 증발하지만 밑불 약해 썩고
강물은 자아 포기치 않아 바다에 가서도
사는 게 사는 게 아닌 작은 물병 속 삶
바다에 살면서도 바다 모르는 물병 속 삶
이 물병 속 삶 그리도 좋은가?
물병 왕창 깨침은
지금 여기 그대 몫이지만
숨구멍으로라도
숨소릴 본다면 바다가 저절로 들어와
마침내 그대가 바다

첫 경험 · 37

똥 속 구더기도
구정물 속 애벌레도
천사처럼
천사처럼
무거운 몸맘 줄일 줄 아는 거 봐
날개 돋는 거 봐
몸맘 못 비워 날개 없는 사람신세가
지상 최대 부끄러움
그댄 한 점 부끄럼없이
하늘 우러러 볼 수 있는가?

첫 경험 · 38

천사 부처 찾아
이 곳 저 곳 기웃거리지 마라
파리 모기를 스승으로 삼아야
파리 모기를 넘어설 수 있다
진정한 구도자는 바로 이런 구도자!

첫 경험 · 39

만약 천사 부처에 집착한다면
권력 집착증 혹은 돈 종교증 환자
석가 예수는 바라는 거 없이 바란
텅 빔의 공로자일 뿐
아무것도 아니라서 모든 것일 뿐
사람들 치유하러 온 의사일 뿐
그러니 그 어떤 것에도 집착지 않을 때
그대가 바로 천사 보살 부처

첫 경험 · 40

선업으로 악업이 있고
악업으로 선업이 있으니
석가 예수로 어지런 이 세상
석가 예수 때문에 바로 잡히네
선악 둘 다 내버린 순간!

첫 경험 · 41

아침 이슬 한 방울이 가는 곳
그 곳이 곧 우리가 가야 할 곳이다

첫 경험 · 42

미움의 상대어가 사랑이라면
사랑이 아니다
이것은 덧없는 세상처럼
덧없지 않은 듯한 화장술 사랑
허황한 속임수로 헛된 경쟁사회
맘으로 빚어낸 제도적 습관
그러나 이 속에서 맑게 솟아오르라고
밝게 솟아오르라고
황홀한 우주적 오르가즘으로 솟아오르라고
향긋한 사랑이 사랑을 사랑하는데
이것이 사랑 자체
있는 그대로 모두가 사랑 자체 이때
달은 노랗고 해는 붉고
귤은 노랗고 홍옥은 붉고
꿀은 달고 소금은 짜다

첫 경험 · 43

양파처럼 둘러싸인 사람 몸
그 가장 깊은 곳 열반체도
열반체가 아니라서 열반체라 부르니
금강경으로 살다 가되
가고 옴이 어디 있느냐 이놈아
두 눈 부릅뜨 살라 한다
망설임없이 후회없이 무심껏 살라 한다

첫 경험 · 44

열반체는 몸 가운데서 감옥살이 중
교도관한테는 열쇠가 없다
그대 안에 계신 아내에게
그대 목숨 통째로 내맡길 때
십자가에서 스스로 내려오시는 한 분
바로 그대!

첫 경험 · 45

죽는다고 죽는 거 아니고
산다고 사는 거 아닐 때
태풍이 친들 미풍이 분들
비 오거나 눈 오거나
까불어 휘날려 버릴 쭉정이 없으니
해 달 별들 어느 산에서 숨을 건가
숨는다 하여도 투명한 유리산 뿐
어떻게 다이아몬드 몸 숨길 것인가
이런 자기 몸 못 보고
보석상 기웃대는 삶
희극 중 희극이다

첫 경험 · 46

…… 그러니 죽으러 가겠다고?
…… 그러니 살아야겠다고?
봄여름가을겨울 그리고 봄 또 와도
내 속 한 점은 고요히 그냥 계신다

첫 경험 · 47

…… 이젠 미륵 기다린다고?
…… 기다리다 여행중이라고?
곳곳마다 예수 부처 아닌 곳 없건만!

제 2 부

깨침의 노래 첫 경험 ②

첫 경험 · 48

본래 할 일 없는 한 사람
영원불패 절대사랑 그 사람
그대 가슴 속에 앉아 계신다

첫 경험 · 49

할 일 있어도
사랑하는 거 없이 사랑하는 일
이 외 다른 일 일체 없으니
본래 할 일 없다 말하는 것
스스로 이 사람이면 영원한 멋쟁이

첫 경험 · 50

특별한 사랑 생각하자
천길만길 멀어지는 열반체
거울이
주시
언어가 모두 다 미끄러지고
열반체 문 열리고 있다

첫 경험 · 51

바람 불면 바람 부는 대로
흔들릴 줄 아는 대나무
텅 빈 몸춤
그 외 또 달리 할 일 있는가?
인식자라고? 그것은
그 아랫수인 사람 세상에서나 필요한 일

첫 경험 · 52

그림자 거느리지 않는 달 잊고
예수 부처에 매달려 놀지 못하니
본래인이 꾸짖고 있다
부처 예수 악동들아
이 일 우얄래 우얄래 응?

첫 경험 · 53

無
이것
깨물면 이가 다 부러진다

첫 경험 · 54

꼼짝 말고 손 들 수 있는가?
바퀴 중심 축 주시는
꼼짝않고 돌리고 있다

첫 경험 · 55

無를
달리 한 번 더 답하라면
법꽃
이 말 즉각 거두지 않으면
내 안에서 도적떼들 들끓으리라

첫 경험 · 56

그러므로 경전은 시체
그 분들 시체 붙들고 향기롭다면
부활하는 예수
거듭나는 석가를 못본다
가난하고 정직한 우리들을 못본다

철 따라 때 따라 곳 따라
옷 입고 벗고
밥 먹고 굶고
집 안에 밖에
잠 자고 깨고
일 하고 놀고
말 뱉고 닫고
님 안고 품고
바람 비 강물 눈
사슴 새 나무 풀 몽돌
우주자궁 안에서
숨 쉬고 마시고
자연발생 뿐
계획도 단일한 통합도 없이
오직 소리 없는 소리 중심이
리듬과 떨림으로
대원경지 테두릴 녹여버리고
원죄인 분리불안도
눈 씻고 찾아봐야 찾을 수 없어라
이러하므로 사람들이
그 사람 못알아 볼 수밖에!

71

첫 경험 · 58

無를
한 번만 더 달리 답하라면
깨달음 깨침은 본래 없다

첫 경험 · 59

시계 거꾸로 돌린다고
시간이 거꾸로 가더냐
역사 거꾸로 돌린다고
어, 일본만 거꾸로 가네
정치 거꾸로 돌린다고
앗, 한국만 거꾸로 가네

첫 경험 · 60

사람 나누어 먹지 않으면 죽을지 몰라
비로 내리면
들꽃들 피어나더라

첫 경험 · 61

아는 것 사라지고
알려지는 대상도 사라지니
평안은 여전히 평안 그대로 평안하게 있다

첫 경험 · 62

콩팥으로부터 온몸이 생겨나고
콩팥이 온몸 다 받아들이자
콩팥은 여전히 콩팥 그대로
콩팥같이 있다

첫 경험 · 63

온몸으로부터 온몸이 생겨나자
온몸이 온몸을 다 받아들이고
온몸은 여전히 온몸 그대로
온몸처럼 있다

첫 경험 · 64

시작 중간 끝이 없는 자리에
계신 분 보았다 하면
녹더라
녹아 사라지더라
어느 날 시작 중간 끝이 없는 안개로
만물만생 다 싸안아주시더라
우리 어머니!

첫 경험 · 65

그대가 완성된 재벌인가?
끝없이 꽉 채워야만 하는 맘의 노예여
빈 맘 가난뱅이는
그대의 스승 진짜 부자
그댈 추종하는 가난뱅일 땐
그대의 노예
플라스틱 꽃삶 이것이 생명꽃인가?
성령 불성의 향기 안에서
더불어 함께 같이 살아야 할 책임으로부터
넌 자유로울 수 있는가?

첫 경험 · 66

험난한 파도가 이 세상 출렁일 때
평소 거드름 떨던 도인풍들 산 속으로 가고
평소 고드름 칼찬 애국지사들 따라 숨는데
평소 여드름 짜던 백발 노인들은
산 하늘에서 젊은이처럼 내려오고 있다
입전수수 십우도로 내려오고 있다
종 거울 쑥 마늘 북 칼로 꽹과리로
불통·고통·먹통·깡통·꼴통·똥통들
모조리 통 통 통 두들기면서
소통소통~ 민중의 촛불 속으로 타오르고 있다

첫 경험 · 67

나는 종석이
종석이는 나
나는 사실 이름이 아니고 동시에 이름 아닌 것도
아니고 아니고 아니고 아니므로도
아니고 아니고 아니고 아니므로
비로소 진정한 나,
나는 나!

81

깨침의 노래 첫 경험

첫 경험 · 68

민족 분단은 뼈시린 비극
그러니 더 쪼개지 마라
쪼개야 할 건 딱 하나
그대 편견 뿐!

첫 경험 · 69

··················· 그러니
북쪽 급변사태에 의존한
명박통일을 통일대박이라면
편견 중 편견
이거 쪼개야 통일대박! 온다
························· 그러니,

첫 경험 · 70

······················ 그러니
두 개의 반쪽짜리 방안이
그 놈의 편견으로 평안치 않거든
입 닫고 먼저 안으로 눈 떠
편견 그 핵부터 쪼개야 산다
목숨 바쳐 쪼개면 텅 빈 평안
평안의 텅 빈 힘이,
얼싸안는 텅 빈 그 힘이, 통일대박춤!
서로 기대어 잘 살아보자는 통일어깨춤!
아 ······························ 그러니,

첫 경험 · 71

·····················그러니
두 개의 반쪽짜리 방안에서
편견적 분단작업 끝내야 한다
끝내야 한다 망설이지 말고
·····················그러니,

첫 경험 · 72

.... 그러니
온실에서 아무리 힘껏 통일 연날리기 해봤자
하늘 오르지 못하고 철망에만 걸려드니
우리 민족 삶의 질 오르지 못한다
광야에서 새땅 새하늘 여는 뜨거운 가슴
큰 함성으로 진실로 진실로 끊임없이 나아가자
평화통일은 대박!

첫 경험 · 73

·················· 그러니
남북 분단 눈 시려 눈에
서리 끼어 돌아가신 조상님들이
평화통일은 대박!
이 소리에 벌떡 서서
휴전선 철망 엿바꿔 먹자며
거룩한 미소 거룩한 발걸음
방실방실 뚜벅뚜벅 오시고 있다
······················· 그러니,

첫 경험 · 74

························· 그러니
평화통일만이 우리의 소원이요
평화통일만이 진실로 민족사랑꽃
그 꽃향을 남북이 피워 올릴 때
지구인 전체가 황홀
지구촌 전체가 황홀
삼천대천 우주은하 전체가 황홀황홀
세계 곳곳 국경선도
첫키스 받은 연인처럼 황홀히 떨다가
여기 저기 머시기 거시기도 다 녹아
오오 ······················· 그러니,

첫 경험 · 75

……그러니
바람이 분다
거칠게 분다
돌풍처럼 자꾸 분다
온실 안에서 나오라고
평화통일 연날리기는 이때라고
바람이 분다
진실로 진실로 창조경제 살리기는
이때라고 자꾸 자꾸 평화통일 창조경제
대박 중 왕대박 왕바람이 분다
이거 못 살리면 역창조경제로 힘든 삶뿐이지
아흐 …………………………… 그러니,

첫 경험 · 76

……………그러니
휘영청 달 밝은 밤
북쪽 왕릉이 열리고 단군께
태백산 박달나무 안으로 드시니
밝고 맑고 향긋향긋 따뜻해
남북 두루두루 살아남이여
남북 고루고루 신명남이여
남북 화기애애 새론 삶이여
밝은 달나무가 남북으로 걸어다님이여
흐아 ……………………… 그러니,

첫 경험 · 77

································ 그러니
사람 만나서 싸우면 평화가 아니고
남북 만나서 싸우면 화평이 아니다
자연 만나서 꺾으면 평화가 아니고
남북 만나서 꺾으면 화평이 아니다
민족 만나서 밟으면 평화가 아니고
남북 만나서 밟으면 화평이 아니다
우주 속에서 서로를 섬길 때 이것은 평화
남북 속에서 서로를 섬길 때 이것은 화평
오 ······························ 그러니,

첫 경험 · 78

노래하다 내가 죽어도 나는 평화통일!
기도의 눈물에 젖자 마른 연꽃이 핀다
엉엉 울고 있어도 웃는 얼굴
이 몸 누가 공중에 들어보일 때
가섭처럼 웃는다면 방석을 뺏으리라

첫 경험 · 79

여인이
저 하늘의 달보다 더 고운
가슴 속 달 떴다며 보라는데
니 자꾸 와그라노
겨우 한 마디
달빛에
더 견딜 수가
더 견딜 수가
사랑
사람 잡는 떨림판
여인은
앞가슴 푸는데
첫사랑 달빛이
생각을 다 죽이고
사람 잡는 떨림판만
살려도오 살려도오
와이카노 나 차암 와이카노
갈수록 갈수록 온몸이 떨림판

첫 경험 · 80

무엇에 홀린 듯 절 북 두들기다가
북 찢고 북채까지 던져버리자
그 사람 몸에서 하늘 북소리 춤
두웅두웅 덩실두웅 더어엉 덩실 두웅두웅—

첫 경험 · 81

내 안에서 핵이 터졌는데
삼칠일간 열네 차례나
버섯구름 피었는데
이를 두고 남한도 핵보유국이라고
비핵화 선언해야 한다면
이건 전적으로 예수 석가의 잘못?
진실로 진실로 나는 말하는데
사람이면 저마다 계신 핵이 터지고
버섯구름 피어야만 그 핵이
아무것도 아니면서 모든 것이다
생사해탈 열반적정 영원한 자유인 절대 無!

95

첫 경험 · 82

핵력 광력 전기력 자력 통신력 누진력
사람이면 이미 갖춘 이 힘
그 중에서 핵력이 가장 위력적인 자비로
광전자통누력을 낳으시고
이 자식들은 지혜길 비추미로 일하고 있다

첫 경험 · 83

핵 공포증 아베를 보아라
자신 안에 사람 거듭나게 하는
새생명 핵 있는 거조차도 모르니
북한 핵 운운 전쟁 빌미만 삼아
여기 저기 침략 미화 재침략 본능만… 벌써
채식 중단한 일본 개코원숭이가 동족인
원숭이 마구 잡아먹고 있는데
아베라는 사람이 사람 잡아먹을 것임을
앞장 서 보여주는 것
일본의 과거 역사 통절히 반성하고
사죄한다는 전총리 무라야마 담화 땐 개코원숭인
채식으로 사랑과 평화 서로서로 교류하여
하늘과 땅 사이 나무 숲 무르익도록
무르익도록 아름다운 춤만 추었다 한다

첫 경험 · 84

그러니 우리 만날 때마다
당신의 핵은 잘 피었습니까?
그러니 우리 헤어질 때마다
그대여 버섯구름 피우세요!
이러히 서로 격려할 때마다
세계인이 한국인의 핵 속으로 마침내
학생 되어 오리라
아낌없이 그 능력 나누어주리
평화자체 사랑자체
사람들마다 속에 계신 버섯구름은
세계의 국경선도 녹여서 세계평화통일 이루리니
겁먹지 말고 겁먹지 말고
그대 버섯구름 피우고 피울수록 개체혁명 찰나 완성
한반도가 신인류 표본국으로 세계를 사람답게 살리리라
한반도가 세계를 참사람으로 다 살리리라

첫 경험 · 85

그러니 누구든 핵 없는 삶 살지 마
그 삶은 강시 삶
그 삶 잘 살아봤자
꼭두각시 인형 삶
핵 없는 이런 삶 절대 살지 마
깔보이고 밟히고 버림받는다
지금은 우리가 핵 자체로 살 때
버섯구름 아낌없이 피우며 살 때
핵 없는 인형 삶 절대 살지 마
핵 없는 로봇 삶 절대 살지 마
버섯구름 없는 삶 절대 살지 마

첫 경험 · 86

우리들 몸 안에서
버섯구름 한 번만 피워도
누가 우릴 묶을 것인가
꼭두각시 놀림줄이 황금줄로 유혹해도
그 황금줄 녹여 진금으로 돌려주고
묶이지 않는 진인이 우리들이다
세계가 스스로 한반도에 녹아드는
한반도 한민족!
우리 그리 사는가?

첫 경험 · 87

우리들 몸 안에서
버섯구름 또 피워도
누가 우릴 갖고 놀 것인가
자본 독재자가 굶겨도
금수강산 자연이 우리들을 살린다
절대로 죽지 않고 오히려
세계가 평화통일 한반도에게
고개 숙여 잘 보이려 다가오리니
정말로 평화통일은 대박!
우리 그리 사는가?

첫 경험 · 88

우리들 몸 안에서
버섯구름 세 번만 피워도
누가 우릴 밟고 설 것인가
우릴 밟는 발이
십 리도 못가서 발병난다
우리의 몸은 보이는 몸이 아니라
밟을 수도 눌릴 수도 없는
형상없이 투명한 주인공 중 주인공!
우리 그리 사는가?

첫 경험 · 89

우리들 몸 안에서
버섯구름 네 번만 피워도
누가 우릴 속이며 착취할 것인가
우릴 속이며 착취하는 손이
오리도 못가서 손병난다
우리의 몸은 보이는 몸이 아니라
속일 수도 꼬집을 수도 없는
형상없이 투명한 세계인의 영혼!
우주하늘의 성령!
우리 그리 사는가?

첫 경험 · 90

우리들 몸 안에서
버섯구름 다섯 번만 피워도
누가 우릴 무시하고 박대할 것인가
우릴 무시하고 박대한다면
평화통일 안 해서 그런 것
대박 중 왕대박 평화통일 위하여
우리 그리 사는가?

첫 경험 · 91

산 자여
묘지에서 공부하자
남녀청춘 극치의 황홀삶이면
무덤 뚜껑 일시에 열리면서 해골들
연지곤지 곱게 찍어 바르고
세밀히 보니
죽은 놈 속 산 놈 나오고
산 놈 속 죽은 놈 나오는 거 보인다 이때
바로 생사 동시 둘 다 버리면
생사해탈 오르가즘 생사열반 엑스터시!!
묘지는 오르가즘 엑스터시 꽃봉오리일 뿐!

첫 경험 · 92

묘지에 와서도
우주 오르가즘 없이 진리를 말하는가?
우주는 지금도 남자 깨물며 오르가즘인데
뭐 하시는가? 남자는 살아가기 바쁘다고?
참으로 바빠야 할 건 우주 오르가즘과 동조하는 삶
우주 엑스터시로 살아가는 일
늘 예수부처하느님 안에서 살아가는 일
우주 엑스터시 안이 곧 부처예수하느님의 집
그대 안에서 버섯구름 여섯 번만 피워도
진실로 진실로 이 노래가 진실임을 알리라

첫 경험 · 93

우주계곡은
지금도 민감한 생리로 오르고 오르는데
남자들의 기막힌 생리는
전쟁으로 생피나 터트리고
정상급들 안에서 버섯구름 일곱 번만 피워도
완경기가 와서
거룩한 사랑과 평화의 꽃으로
지구촌 다 덮고 우주까지 다 덮는다
정상급들 안에서 버섯구름 일곱 번만 피워도!
이거 못하니까 결국 평화회담은
탁자 위에서 잠시 머물다
어디로 갔는지 온데 간데 없어라
생피만 지구촌 적시며 날뛰고 있다

첫 경험 · 94

여자라도 메르켈은 우주계곡봉우리
이미 세계가 그녀의 자궁 안에 다 들었는데
그네는 생리 끝이라
이젠 영영 자식품기 어려운가
아니다 평화통일 큰 자식은 처녀로
완경기 여자가 더 잘 낳는다
한 방울 하혈 없이 더 잘 낳는다
깨끗하고 깔끔하게 더 잘 낳는다

제3부

깨침의 노래 첫 경험 ③

첫 경험 · 95

일본이여
아베를 일본의 아비로 삼아 따를 땐
또 어린 어머니들 잡아서
관세음보살 불상과
마리아 성모상까지 정신대로 차출
그것도 모자라 세계 여자는 다아아
자궁 떼내는 실험
또 하고 다시 하고 자꾸 하리라
개코원숭이가 암컷 자궁만 빼먹는 거 보면
아베 맘씀이가 훤히 보이고
미리 다 보인다 보이고
몸 속 거룩한 버섯구름이든
버섯구름은 아찔 소름 돋는 아베의 완경기는 언제?
아베의 생리가 몇 살에 끝나는지……………?
의학계도 아직껏 이걸 모른 채 있고
반성 없는 생피 흘림 군국주의 향해
벌써부터 돌고래떼는 일본 해안 모래뻘에 드러누운 채
자살 자살 자살 시위하고 있다 그래도
깨칠 줄 모르는 얼간이 아베여
얼독이 가득한 아베여 일본이여

110

진실로 참회하라
진실로 사죄하라

111

첫 경험 · 96

죽임취미 히틀러 삶
가미카제 유서 삶
지금까지 아베 삶
같은가 다른가
아베가 숨긴 말
히틀러보다 더 고수로
가미카제보다 더 가미카제로 부활
섬나라 넘어
대륙은 식민지로!
이것이다
이것이면 오랜만에 또 몸 밖으로
또 몸 밖으로 버섯구름 필 것이니
어서 참회문 남겨 이거 막으면
그 참회문 유네스코에 등재되리라
이보다 더 사람다운 일 달리 있겠는가?

첫 경험 · 97

걸어다니는 방사능 누출 원자로가 아베라면
안중근은 누출 원자로 없애버리는 휴머니스트
동양을 지켜주는 평화유지꽃!

첫 경험 · 98

한일회담 때 샀다고
독도는 일본 땅?
팔아먹은 적 없다고
독도는 우리 땅?
직접 민주주의 등불로 국민이
밝혀내야만 맹목적 애국주의 막을 수 있고
진실한 애국심 꽃 피울 수 있다
명박은 느닷없이 독도 땅 밟아
일본 우익 결집시켰고
박근혜를 손아귀에 완전 넣었으니
독도진상규명위원회를 결성 밝혀야 한다

첫 경험 · 99

아베여
무라야마는 아베의 아비
동시에 스승으로도 섬겨서
진실한 제자로 거듭 나거라
한 때 남북전쟁과 현재 분단 비극
그리고 미국의 일본 보호
전범국 처리 부실로
배 터지는 경제대국 이룬 그 맛
죽어도 죽어도 그 맛 못잊어
역사왜곡 일삼는다면,
망언 막말 문화침략에 자위대 투입한다면,
넌 전쟁광이 분명하고 분명하다
밖에서 핵 한 번 더 터져야만
사람다운 사람으로 거듭날 텐가 웅?

115

첫 경험 · 100

미국의 소녀상
프랑스의 정신대 만화전 공간
가미카제가
오분대기조로 노려보고 있다
보고 또 다시 보니
전쟁 예찬광 아베가 노려보고 있다
뭘 봐
잘 봐
바꿔끼워수려 백범이 눈깔사탕
두 알 보이며 오라 부르고 있다
한민족은 동양평화유지꽃 휴머니스트!
야스쿠니에 합사당한 한민족혼이 여기서
해방시켜 달라 해방시켜 달라 부르짖고 있다
우리는 여태껏 좆대정치를 펼친 것인가?
아니면 여태껏 좆대치정을 즐긴 것인가?

첫 경험 · 101

꿈속에서 목이 말라
죽은 원효 해골에 담긴 물 마셨더니
달 뜨더라
달맛 달기만 하더라
침샘에서 영원히 마르지 않는 달물
퐁퐁 솟아 턱 다 적시는 지금
아직 꿈속인가?
방문 열어 하늘 보니
저건 분명 복사달
행자가 자기 그림자 쓸어내는
헛일 계속하고 있는데
나의 안에선

그림자조차 거느리지 않는 원본달이
빗자루 아예 내버리게 하는구나
고요히 깨어 자면서
영원히 마르지 않는 달강이
달강이 흐르는 거 보고 있다

첫 경험 · 102

사람을 사람으로 보는 건
사람을 본 것이 아니고
사람을 사람으로 안 보는 것도
사람을 본 것이 아니다 그럼
사람은 어디에 계신가?
진실로 진실로 말하는데
단군 이전에 내가 있었고
부모님 이전에 내가 있었다
나에게 돌멩일 던질 자 누구인가?
태어나기 이전으로 와 직접 보면
움켜쥔 돌멩인 재로 변한다고
예수는 침묵으로 공간 이동해 사람 자리 보여줬는데
태어나기 이전 자리 보여줬는데
돌멩이 움켜쥔 그는 끝끝내 끝끝내 장님자폐증
빈맘 빈몸 빈손인 사람은 어디에 계신가?
누구든 태어나기 이전으로 와 직접 보면
예수 말씀 진리임이 화안히 보인다
그것엔 불교 가톨릭교 기독교 이슬람교도 없고
그것엔 힌두교 그 어떤 교도 심지어
국가와 국가간의 무지무지한 유산인 국경선도 없고

평안 지체 그냥 휴식 외에 사람으로 자연처럼
달리 할 일이 없어
졸음만 주시하다가
심심하여
너무 심심하고
오직 심심하여
사랑 평화 균형 조화의 좌우 중도통합
우주적 민주주의만 졸듯이 깨어 기다리고 있다
너무 심심하고 오직 심심하여서 기다리고 있다
사람으로 자연처럼 기다리고 있다

첫 경험 · 103

달강에 목욕하는 이는
강인가 달인가
서로 몸 씻어 주더니
에돌아 태극춤 질라라비 달빛강
강강달빛강
강강달빛강 잡은 손 풀고서
여인이 모올래
달빛강 발 담아 달아오르는
아랫도릴 적시고 있다
젖가슴 열리더니 그림자 없는
달달 그 달 떠
달달 그 달 떠
달강이
달빛 쪼오옥 빨아마시자
혈관을 달빛으로 피갈이하는 여인이여
사랑하다 내가 죽을 여인이여
잘 죽어야만 잘 산다며
달가슴 풀어 젖꼭질 입에 물려주는
우리 어머니!
입이 있어도 마실 줄 모르는 이는 어떡하나요?
아—

첫 경험 · 104

강은 강으로 살면서
달빛 받아들여 강달빛
빛은 빛으로 살면서
달강 받아들여 빛달강
달은 달로 살면서
빛달 받아들여 달빛강
삶은 삶으로 살면서
달빛강 받아들여 삶달빛강
사랑은 사랑으로 살면서
삶달빛강 받아들여 사랑삶달빛강
사람은 사람으로 살면서
사랑삶달빛강 받아들여 사람사랑삶달빛강

첫 경험 · 105

빠져드는 첫사랑
겨울 언 강에서도 김연아처럼 살고
여름 강물 위를
날개 없이도 떠 걷는다
갈수록 푸욱 푸우욱 빠지는데도
희안하다 희안해 두웅 두웅둥~

첫 경험 · 106

베드로가 세 번 예수 배반할 때에도
막달라 마리아는 예수사랑 안에서
십자가 예수 품어 말구유처럼 안으시더라
성모 마리아는 예수 영육의 첫 어머님이시요
막달라 마리아는 예수 부활의 첫 어머님이시니
어찌 모른 척 덮어두는가요
예수사랑 흠뻑옥 막달라 마리아는
사랑자체 살아 숨쉬는 투명한 금강경
과거 전직에 걸려 궤짝 안에만 두실 건가요
프란치스코 교황이시여
궤짝 열어드려 가난으로 비참하게 사는
이들을 사랑으로 적셔 섬겨
하늘에서와 같이 땅에서도
어둠에 사는 이들이 막달라 마리아로 거듭나게 하소서
주님의 이름으로 기도하나이다 아멘

123

첫 경험 · 107

거울 같은 물 속 물고기 우니까
강물이 불어나고 있다
왜 우는지 아직껏 아무도 모른다
오직 모를 뿐,
아는 건 오직 모를 뿐!

첫 경험 · 108

텅 빈 하늘 속 파랑새 노래하니까
하늘이 파랗게 물들고 있다
왜 물드는지 여태껏 아무도 모른다
오직 모를 뿐,
아는 건 오직 모를 뿐!

첫 경험 · 109

한겨울 깊은 산 속 매미떼 합창하니까
귀 막은 사람들 웃고 있다
왜 웃는지 귀 막지 않으면 아무도 모른다
오직 모를 뿐,
아는 건 오직 모를 뿐!

첫 경험 · 110

제주도 사방 깊은 바다 속 해녀가 웃으니까
귀 열린 고래떼가 따라 웃고 있다
왜 따라 웃는지 시방껏 아무도 모른다
오직 모를 뿐,
아는 건 오직 모를 뿐!

첫 경험 · 111

본은 언제나 겨울 한복판에서 솟는다
봄동이 뽀오욤 솟고
묵은 땅 갈아엎듯
낡은 얼 갈아엎은
얼갈이 배추도 다들 얼갈아라 솟아
뿌리째 밭 줄줄이 탈출 탈출 탈출
맨 먼저 맨 처음
얼갈이 못하는 정치인 밥상에 오르는 거 봐
얼갈이 배추는
나의 피요
나의 살이요 나의 뼈이니
함부로 먹지 말고 날 먹듯 먹어라
스스로 못 뽑은 예수가 기도해 주고는
다시 성당 십자가로 걸어가고 있다

첫 경험 · 112

봄바람이 냉동남자 속에서
목놓아 속삭속삭속삭
이걸 그냥 꽉 붙잡을수록 안 잡혀 속상해 속상해
어쩌면 여자들
어쩌면 사내들
어쩌면 사랑
어쩌면 삶
어쩌면 돈
어쩌면 마리아관세음보살
어쩌면 우리들 인생
속편해 속편해
오는 봄바람 아니 가두고
가는 봄바람 아니 잡으니까 속편해 속편해
냉동남자가 강물로 주울줄 흐르고 있다

첫 경험 · 113

봄바람이 봄처녀 머리카락
새풀 새풀 빗질하고
봄처녀가
얇사한 얇은 막 만지작 만지작
얇사함보다 더 얇사함으로
그 여리고 작은 씨앗들이
대지의 그 큰 자궁 속으로
있는 힘껏 뿌리 내리고 있다
보라 대지와 씨앗 침묵 무아지경을!

첫 경험 · 114

봄바람 빗질 받은 봄처녀 보아라
젖가슴에서
꽃향 먼저 넘쳐나
코 밝은 사내 같은 벌나비가 사랑사랑 흘리는 거 봐
이에 꿀젖 젖꿀 줄줄 흘러내리며
날잡쉬~ ~ ~
몸짓 없는 몸짓 소리 없는 소리로
봄바람 봄처녀가 천지를 덮고 있다

첫 경험 · 115

봄바람이 이뿐이므로
이뿐이 보면 참봄
보는 순간
목 잘리어 나갈 것 같은데도
두렵지 않아
참 신기하다
쓰러진 내 가슴 속에서
봄바람이 무심껏 아우음— 날 살리니
참 신기하다

첫 경험 · 116

봄바람이 이뿐이므로
이뿐이 못 보면 참못봄
못 보는 찰나
봄바람에 목 잘리어 나가려다가
그 놈의 잡생각 들어와 도로 붙어
머리에 가시숲 우거지고 있다
삭발하면 온통 빈 곳이라지만
당최 앞이 안 보이는 이 상징표면에
속으면 장님자폐증 신세로
출가자들 사정없이 추락시킬 것이니
늘 생활꽃 주시자로 깨고 또 깨쳐
거듭거듭 향긋향긋 피어나야 하리라

133

첫 경험 · 117

봄바람이 이뿐이므로
이뿐이 보거나 못 보거나
봄바람은 이뿐이므로
이러한 이해력을
궁극 성취라고 받아들이는 순간
크게 못 죽어 크게 못 사니
영영 마르지 않는 진리 우물
그대 안에서 퐁퐁퐁 샘솟지 않아
남 몰래 남 모르게 늘 목말라 한다
자꾸자꾸 숨어서 목말라 한다
이 목마름 적시려 엉뚱한 짓 하려 한다
머리통 위에다 머리통 더 붙이려 한다
그것도 모자라 노트북 붙여서
부끄럽긴커녕 자랑스레 이고 당당히 살려 한다
진실로 진실로 그것은 개그콘서트!
주인이 누군 줄 모르는 무지콘서트!

봄바람이 이뿐이므로
이 말에 속지 않고
봄바람이 이뿐이라는
이 말 안에 완전 들면
다시 목 간질간질간질거리고
이 목 잘라다오 완전 내맡김
이 내맡김마저 완전 잊어버리자
머리통 싹뚝 동백꽃처럼 떨어져
노트북 안으로 들어가고 있다
이런 세상 좋은 세상 날마다 좋은 세상~
신인류 출현예고~ 가슴이 보고 있다
지금도 노트북 속으로 완전 들어가고 있는
잘린 자신의 머리통 즐겁게 보고 있다
이것이 바로 신인류!
늘 불패의 진리궁전 훈훈한 가슴삶만 주인인
이것이 바로 신인류!
머리통 보고프면 노트북 열고 꺼내어 하인으로 쓰는
이것이 바로 신인류!

첫 경험 · 119

봄바람이 이쁜이므로
그대는 그대 나는 나
이 외 달리 나타나는
그대와 난 역시나 봄바람 이쁜이
형상 없이 투명한 금강경
몰라서 그렇지 우리 몸은 모두다
봄바람 이쁜이
빈 목이 머리통을 들고
엄지아이와 엄지로 노는데
별이 바람에 스치나요? 윤동주는 또 묻고
엄지아이가
바람이 별에 스치니까
말 시키지 마세요 제발—
윤동주가 윤동주도 모르게 흘러 맺힌
침묵의 눈물 한 방울
그 속에서 별이 바람에 스치고 있다
영영 마르지 않는 새생명 우물
퐁퐁퐁 터지며 봄바람까지 목욕시켜 주는데
하늘 우러러 한 점 부끄럼 없는 사랑으로
윤동주가 이쁜이까지 목욕시켜 주는데

136

엄지여 이 목욕물 버리면서
하늘 사람 땅 자연 별 눈물 웃음 봄바람 이뿐이까지
버리지 말아야 한다 윤동주까지 버리지 말아야 한다
예사롭게 예사롭게 버리지 말아야 한다

첫 경험 · 120

봄바람이 이뿐이므로 이뿐이가 아니다
봄바람이 이뿐이므로 이뿐이가 아니다 하지 말고
봄바람이 이뿐이므로 봄바람이 이뿐이므로
보아라 빈 목 위 윤동주가 와서
별이 바람에 스치나요?
나는 시원해 웃고 있다

첫 경험 · 121

짜장면 속 바퀴벌레 한 놈
씹으니 억년 전 우주세포가 입안 가득

첫 경험 · 122

보리밥 속 파리 한 놈
씹으니 풀꽃 향이 입안 가득

첫 경험 · 123

배추나물 속 나비애벌레 한 놈
씹으니 날개 돋는 꿈 보여주고 있다

첫 경험 · 124

숭늉 속 모기 한 놈
씹으니 자라나는 빛부신 송곳니

첫 경험 · 125

한 그릇 물 속 하루살이 서너 놈들을
꿀꺽꿀꺽 캬~ 너도 하루 나도 하루 뿐!

첫 경험 · 126

장독대 정화수는 액체달별빛
아무거나 씹어삼킨 이여 와서 씻으라 한다
아무거나 씹어삼켜도 씻을 거 없는 그는
정화수에 목욕중인데
그 목욕물 버릴 것인가?
마실 것인가?
그냥 둘 것인가?
지금도 장독 속에선 달이 달로 떠오르고
별늘이 별들로 떠오르는데
우주은하하늘님으로 사람이 맑고 밝게 떠오르는데
오오 이것이야말로 가장 고귀하며 아름다운 삶!

첫 경험 · 127

사랑의 피가 립스틱!
입술에 발라봤더니 심장이 북으로 바뀐다
누나야
이제 누나 자체가 립스틱 되어
사랑 사라지는 이 시대가슴을
통째로 쿵딱쿵딱 살려낼 순 없나요?

첫 경험 · 128

돌아가신 다음에야
고요히 앉은 큰 형님아
한여름인데 새하얀 함박눈 내리고 있다

첫 경험 · 129

살아계실 때 내 위장병 고쳐주겠다며
맑은 냇가 다슬기 잡아 고아주던 날
그 정성 먼저 씹었더니
하느님 사랑 맛이라 눈물 나더라
손가락으로 가슴만 눌러도 눈물 흘리던
큰 형님아 지금도 함께 울고 있으니
삶 죽음이 따로 없군요!

첫 경험 · 130

처녀땐 납작하던 가슴이
갑자기 큰 풍선처럼 부풀어 부풀어
아이가 나오더니 넘치는 젖
마흔살 차이나는 막내동생까지 주고도
남은 젖 담아둔 젖병이야
나의 몸
버리기엔 너무 귀한 생명수라
진실로 고맙게 마시니
젖몸살 화아아 나았어 다 나았어
진실로 진실로 고맙다 인사하던
누나야 보고 싶다
회갑을 넘어가는 동생인데도
엄마 같은 누나 젖 더 먹고 싶다
여든살 누나야 벌써 젖 말랐다면
가슴 속에서 분유로 쌓였을 것이니
어머니 같은 나의 누나야
그 분유 퍼내어 주면
마시다가 목구멍 콱 막혀
내가 죽을지라도 먹고 싶다 누나야
주고도 주고도 다 못주고 젖몸살,

분유 젖몸살도 매우 아플 텐데
그렇지 않은지 누나야
이 시 읽고 누나야
분유 줄게 와 이 소식 기다리는 동생 잊지 마 누나야
이 시 읽고 늙지 마 누나야
우리 누나야

첫 경험 · 131

지금 머리 뚜껑을 열면
뇌가 모두 사라졌다는 작은 형님아
비록 이것이 꿈일지라도 우리는
가슴뿐인 형제로 영원히 살자

첫 경험 · 132

자식들 굶겨 죽이지 않으려다 빚진 어머니
채권자 막말을 내가 견딜 수 없어
채권자 머리채 움켜잡고 우물가 돌았을 때
채권자 비명보다는 우물 속 퐁퐁퐁
영원히 마르지 않는 사랑 소리가
움켜쥔 손 스르르 풀리게 하셨다

첫 경험 · 133

작은 형님아
그 우물가에서 내 뺨 후려칠 때
철석―
철석―
우물보다 넓고 넓은 바다
파도 소리가
나로부터 나오는 거 보고
나는 끝끝내 끝끝내 바다처럼
살겠다 다지며 다 받아들였더니
오른뺨까지 내밀게 되더라
철석―
철석―
고마운 작은 형님아

첫 경험 · 134

누이동생아
부자가 주는 밥은 버려야 하고
가난뱅이가 주는 밥은 먹어야 한다
배불러 터져 내버린 찌꺼기 밥보다는
자신이 먹고 있는 걸 떼어주는 밥이니까
설령 찬밥을 주더라도 뜨끈뜨끈하단다
누이동생아
이 어머니 말씀처럼
뜨겁고 부유한 가난뱅이로 살아야 한다

첫 경험 · 135

누이동생아
거울 앞에서
아직 너의 속거울 못본다면
어머니 맑고 밝고 향긋한 삶을 보아라
속거울 속 속거울이신 어머니를 보아라
누이동생아
비교하는 삶이 아니라
있는 그대로의 삶
지금 여기 현존하는 삶
지금 여기 벌써 어머니이신 누이동생아
속거울엔 우주은하하늘이 다 담겨
빛소리로 너희들을 비쳐주고 있다
이것이 진짜 화장대이니
늘 이 거울 앞에서 보아야 한다
본래 꾸밀 거 없는 이것을 보아야 한다
사랑하고 사랑하는
나의 누이동생아

첫 경험 · 136

막내야
니가 누구냐? 이거 말고
나는 누구냐?
이거 먼저 알 때
영원히 거룩한 무적의 깃발삶
바람도 없는데
멈춘 채 펄럭이고 산다
텅 빈 가득참으로 부유롭게 산다
미움도 없고 사랑도 없으면서 자비롭게 산다
니가 뭔데 하지 마라
내가 뭔데?
늘 이 탐구가 막내삶이어야 한다
사랑하고 사랑하는 우리 막내야

155

깨침의 노래 첫 경험

첫 경험 · 137

하늘하늘 나비춤에 빠지자
하늘냄새 진동하더니 무중력 몸 둥둥

첫 경험 · 138

꽃 씹으니 하느님께 아파하신다

첫 경험 · 139

사랑 깨물자 별 톡톡 터지고 있다

청공 김종석 문학전집 2

첫 경험 · 140

사랑 깨물 그이가 없으면 그믐날
그이가 있어도 사랑 없으면 그믐해

제<big>4</big>부

다시 또 다시

도둑 ?

불성성령은 잘 때 처음 오시어
무엇을 주고 가셨는지 깬 다음에야 알았으니

또 도둑 ?

성령불성은 깨어서 잘 때 본래 보물 다
보여주시어 잡으려 하자 사라지니

또 다시 도둑 ?

무진장 그 보물 빈손일 때
빈손이라는 이것도 놓아버릴 때 떠나지 않으니
도둑 아닌가…!

164

죽음

지금도 붕괴중인 삶

삶

지금도 재건중인 죽음

천국극락

삶죽음 선악 사랑미움도 없고
오직 침묵의 말씀 뿐

예수

침묵이 뭉친 몸, 몸 풀린 말씀, 말씀 맥박쳐 빛소리

부처

부처 만나 십자가 매달았더니
예수 말씀만 나오시데요

169

여자의 젖

빨강피가 젖빛 부풀부풀 새생명 살리미

남자의 젖

번개칠 때에만 쏟아내고 이내 쭈그러미 쿨쿨쿨

깨침의 노래 첫 경험 |

기적

살아있는 이 놀라움을 보아라

무서운 기적

송장으로 사는 이 무의식을 보아라

다시 기적

삶죽음 없는 영원한 주시자를 주시할 때

기적 아닌 기적

참으로 신기하여라
봄바람이 바람봄, 바람봄이 봄바람이니

또 다시 기적

얼마나 거룩한가
기름부음받은 아들의 귀향처 우주자궁은

새로운 기적

우주자궁은 거룩하신 마리아, 아들 또 낳으시네

어둠의 기적

닷새 이상의 캄캄한 낮이 오면 지구입문식

한 번 더 기적

지구입문 다음부턴 은행도 병원도
돈도 권력도 빈부격차도 잘가~ 영영 이별

다시 한 번 더 기적

갑을신세도 해방 공존공영
자급자족 자기독립
상생공생 직접민주
마침내 우주적 민주화로 화엄꽃 천지
곳곳이 흐벅지게 흐르는 꿀물 살기 좋은 황금시대

중도지구

얼마나 반가운가
이정표는 이정표일 뿐
그 이정표 다 받아주는 지구가
중도실상 자체인 줄 알고 알 때

손님은 왕이다

이걸 모르다니 왕은 결코 국민의 주인이 아니란 것을

삶은 계란 1000원

얼마나 슬픈가
단돈 1000원이 없어 삶은 굶어 죽을 지경이니
헛공약 복지여 나도 모르게 ㄱ 하나 떨어져 나가고 있다

계란으로 바위치기

조작 상속녀 보고 참으로 참는가
바위로 계란 같은 국민 삶 내리찍는데 터지며
비약비약 꼬끼오옷—
홰치는 유언이 시인의 귀에만 들리는가 새벽 여는
국민이 대통령, 대통령이 국민!
시인의 귀에만 들리는가 천만에
시인보다 더 시인인
국민계란한테 바위치기 당하여
드디어 황백 피칠갑
황백 피칠갑 그 얼굴 마사지한 거라 둘러댈라나
아무리 큰 통일과업 대박쳐도 그네야
그네야 그 땐 조작없이 순수 자체로 굴러떨어지리라
생애 첫순수?

비정상화의 정상화

비정상인 사람이 비정상 권력으로 비정상 통치, 결국
비비비정상화로 동지섣달 비비비 웬 홍수

서울 수영대회

군화 군복 철모 쓴 수영선수가 물밑 금메달 노리다
들통나는 조작간첩 인권처형
비비비정상화로 그네타기가 참으로 섬뜩하여라

일본 막말

아직도 모르는가
남북 평화통일이면 일본 전체가 메르켈로 바뀜을

우주 전체에서 가장 맛있는 라면

남북함께라면

우주 전체에서 가장 맛없는 국

솥 안에 남북 넣고 끓여 분단시킨 강대국

우주 전체에서 가장 눈시린 꼴값

분단 이용 강대국과 비정상적 흡수통일

우주 전체에서 가장 몸다운 몸

남북 스스로 평화통일 한몸

빵

얼마나 자연스러운가 아이는 이걸 먹어야 울음 그치니

고기

얼마나 큰 성장인가 어른은 가시 한 점 걸리잖고 먹으니

깨침의 노래 첫 경험 |

말씀

얼마나 큰 성숙인가 아이 같은 어른은 이걸로 배부르니

말씀 가운데 말씀

얼마나 큼직한 거룩함인가 침묵의 눈물

청공 김종석 문학전집 ②

깨침의 노래 첫 경험

·

지은이 / 김종석
발행인 / 김영란
발행처 / 한누리미디어
디자인 / 지선숙

08303, 서울시 구로구 구로중앙로18길 40, 2층(구로동)
전화 / (02)379-4514, 379-4519
Fax / (02)379-4516
E-mail/hannury2003@hanmail.net

·

신고번호 / 제 25100-2016-000025호
신고년월일 / 2016. 4. 11
등록일 / 1993. 11. 4

·

초판발행일 / 2017년 7월 31일

·

ⓒ 2017 김종석 Printed in KOREA

·

값 16,000원

·

ISBN 978-89-7969-751-3 04810
ISBN 978-89-7969-749-0 (세트)